LE MENSONGE
GÉNÉREUX,

Drame en un acte, traduit de l'Alle-
mand, d'Auguste Kotzebue ;

PAR

JEAN-NICOLAS-ÉTIENNE BOCK,

Faisant suite au Drame de

LA MISANTROPIE ET DU REPENTIR,

DU MÊME AUTEUR.

A METZ;
DE L'IMPRIMERIE DE BEHMER.

AVERTISSEMENT.

CETTE pièce intéressante, comme l'annonce le titre, fait suite au Drame de *la Misantropie et du Repentir*. Le tableau du bonheur, dont jouit Meinau, après avoir eu le courage de braver un préjugé souvent trop rigoureux, repose doucement l'ame des lecteurs, et prouve combien l'indulgence est nécessaire à qui veut vivre heureux. Je ne prétends cependant pas induire de ceci, que la conduite de Meinau puisse convenir à tous les maris, dont les femmes ont été infidelles, mais seulement qu'il n'y a pas de règle sans exception, et qu'un préjugé est toujours injuste, quand il n'en admet point.

Anspach, ce 1.er thermidor, l'an 8 de la République française.

BOCK.

A 2

NOMS DES ACTEURS.

Le Baron de MEINAU, sous le nom de MAYFELD.

EULALIE.

FELIX et AMÉLIE. } Leurs enfans, âgés de 6 à 7 ans.

Le Baron de HORST, major au service de France.

Le vieux domestique FRANÇOIS.

ROSETTE, une servante.

CONRARD, domestique chasseur.

La scène se passe en Suisse, dans une petite île du lac de Constance, appellée Meinau.

LE MENSONGE
GÉNÉREUX,
DRAME EN UN ACTE.

PREMIÈRE SCÈNE.

*(Une chambre de la maison de Meinau,
ayant une porte dans le milieu et deux
portes collatéralles l'une vis-à-vis
l'autre.)*

ROSETTE *(seule.)*
*(Elle balaye la chambre et ôte la pous-
sière.)*

BALAYE, nétoye, pauvre malheureuse;
ah ! quoique tu fasses, ta conscience n'en
sera pas plus nette. (*La pendule sonne
cinq heures*) déjà cinq heures ? Madame
ne tardera pas à se lever. N'importe ! Mon
ouvrage est fini. Que ne sommes-nous déjà
au soir ! j'aurais enfin déchargé mon cœur
du poids qui l'oppresse.--Oui, aujourd'hui
ou jamais.-- Ne crains rien, Rosette, vas,
ne crains rien ; Madame est si bonne,
Monsieur est si bon. -- Mais que dis-je ?

Comment ferai-je par cette raison-là même, pour leur avouer que je ne suis pas aussi bonne qu'eux ?—Il me paraît très-facile de découvrir quelque chose de mauvais à un méchant, quand toutefois on ne peut pas lever les yeux devant la personne à qui l'on parle, ô c'est une triste position !

SECONDE SCÈNE.

ROSETTE, CONRARD (*passe la tête par la porte à moitié ouverte.*)

CONRARD.

Rosette !

ROSETTE.

Ah, Conrard ! Es-tu déjà éveillé ?

CONRARD.

Déjà? Crois-tu donc que j'aie dormi? (*Il s'approche.*) Je suis tout je ne sais comment.

ROSETTE.

Marche doucement, parle bas, nos maîtres dorment encore.

CONRARD.

Je le crois ; il leur est facile de dormir dans les bras l'un de l'autre. Sur ton sein, chère Rosette, il me semble que je reposerais heureux jusqu'au jour du jugement.

ROSETTE (*tristement.*)

Il est certain, Conrard, que devant Dieu, je suis déjà ta femme.

CONRARD (*du même ton.*)

Oui sûrement tu l'es.

ROSETTE.

Et quand même la main d'un prêtre ne nous unirait pas ensemble, nous le serons du moins après notre mort, car mon intention est de me faire enterrer près de toi. Nous reposerons alors paisiblement l'un à côté de l'autre, toi, moi et notre enfant.

CONRARD.

Oui, Rosette, dans le cimetière, sous le grand tilleul, à l'endroit, où il y a un sureau, qui est venu sur la muraille. (*Tous deux soupirent. Une pausé.*)

CONRARD (*d'un air de confiance.*)

Mais ne crois-tu pas, Rosette, qu'il vaudrait mieux ne pas tant se presser à descendre dans la tombe? Nous pouvons encore goûter plus d'un plaisir sur la terre, et le repos de la mort ne peut pas nous échapper.

ROSETTE.

Tu as bien raison.

CONRARD (*dont l'air devient plus serein.*)

Imagine-toi voir autour de nous une demi-douzaine de petits marmots, tenant chacun dans la main une tartelette, et toi donnant la bouillie au plus jeune.

ROSETTE (*qui reprend subitement sa gaieté et paraît très-satisfaite.*)

Et moi l'attendant le soir devant notre cabane, et les aînés de nos enfans criant de toutes leurs forces : voilà notre père ! voilà notre père !

CONRARD.

Comme j'aurai du plaisir alors, à entrer chez nous avec ma carnassière pleine de gibier.

ROSETTE.

Et moi à courir au-devant de toi avec un bon verre de vin. —

CONRARD.

Et un morceau de vieux fromage. —

ROSETTE.

Et comme les enfans se pendront après toi. —

CONRARD.

Curieux de voir ce que j'aurai rapporté
de la chasse. —

ROSETTE.

T'aideront à te déchausser.

CONRARD.

M'apporteront des guêtres chaudes. —

ROSETTE.

Se coucheront avec nous sur la pelouse. —

CONRARD.

S'y battront et se culbuteront. —

ROSETTE.

Jusqu'à ce que le soleil se couche. —

CONRARD.

Alors nous rentrerons dans notre cabane. —

ROSETTE.

Et ferons tous ensemble la prière du
soir. —

CONRARD.

Nous chanterons un pseaume. —

ROSETTE.

Puis nous nous coucherons tranquille-
ment. —

CONRARD.

L'un dans le bras de l'autre. —

ROSETTE.

Nos enfans autour de nous. —

CONRARD.

Et là nous dormirons jusqu'au point
du jour. --

Tous les deux.

Ha ! ha ! ha !   (*Une pause.*)

ROSETTE (*d'un air triste.*)

Mais, Conrard, nous n'avons pas encore
d'enfant.

CONRARD.

Que cela ne t'inquiète point, Rosette,
là où il s'en est trouvé un. --

ROSETTE.

Non, Conrard, tu ne m'y attraperas
pas une seconde fois.

CONRARD.

Je veux dire, quand le prêtre nous
aura donné la bénédiction nuptiale.

ROSETTE.

C'est aussi comme cela que je l'entends.

CONRARD. (*d'un air triste.*)

Mais, Rosette, -- nous n'avons pas encore de cabane.

ROSETTE.

Point de lait. --

CONRARD.

Pas de fromage.

ROSETTE.

Point de vin. —

CONRARD.

Pas de lit. —

ROSETTE.

Et si nous découvrons à nos maîtres la manière étrange, dont les choses se sont passées. —

CONRARD.

Et qu'ils nous chassent tous les deux de la maison. —

ROSETTE.

Ah, Conrard !

CONRARD.

Ah, Rosette ! (*l'un et l'autre sanglottent. Une pause.*)

ROSETTE. (*avec un profond soupir.*)

La journée d'aujourd'hui décidera de notre sort.

CONRARD.

Oui, cette journée.

ROSETTE (*mettant la main de Conrard sur son cœur.*)

Sens comme le cœur me bat.

CONRARD (*faisant la même chose.*)

Et le mien donc, il bat comme le marteau d'une forge.

ROSETTE.

Il faut que ce que nous avons fait
soit une chose bien mauvaise, puisque
le cœur nous bat ainsi.

CONRARD (*se grattant derrière l'oreille.*)

Sans doute ; ce n'est sûrement pas quelque chose de bon.

ROSETTE.

Tout peut néanmoins se réparer.

CONRARD.

Pourvu que nos maîtres nous pardon-
nent cette sottise.

ROSETTE.

Nous ne savons pas nous-mêmes comme
cela s'est fait.

CONRARD.

Quant à moi, je ne le sais sûrement
pas.

ROSETTE.

Ni moi non plus. — Vois, Conrard,
c'est aujourd'hui l'anniversaire de la naissance de notre maître. Ce jour-là il n'y
a personne qui ne soit content et joyeux,
et j'ai souvent entendu dire, que quand
les gens sont extrèmement gais, ils sont dis-
posés à faire du bien à tout le monde.

CONRARD.

A pardonner et oublier.

ROSETTE.

Je veux donc prendre mon courage à deux mains, et raconter tout à Monsieur, en le priant d'intercéder pour nous auprès de Madame.

CONRARD.

Il le fera sûrement, c'est un bon maître.

ROSETTE.

Et elle une bien bonne maîtresse.

CONRARD.

O cela est vrai ; que Dieu leur prête une longue vie !

(Tous les deux levant les mains vers le ciel en l'implorant.)

ROSETTE.

Dimanche prochain, nous prierons dévotement pour eux.

CONRARD.

Tous les dimanches !

ROSETTE.

Sais-tu quoi, Conrard ; si je m'apperçois que Monsieur ait l'air trop sérieux, je m'adresserai à cet étranger, qui est arrivé hier soir.

CONRARD.

A cet étranger! Que prétends-tu faire avec lui?

ROSETTE.

Comment? N'est-il pas un ancien ami de notre maître? Il s'appelle Horst. On dit, que Monsieur l'aime prodigieusement. Le vieux Français était allé au-devant de lui jusqu'aux bords du lac, et l'a introduit secrètement dans la maison, afin que notre maître ne le vît pas avant aujourd'hui, anniversaire de sa naissance. On veut lui donner par-là une joie inattendue. C'est donc à cet étranger que je veux m'adresser, Monsieur ne lui refusera sûrement rien. Ne le crois-tu pas aussi, mon cher Conrard?

CONRARD. (se grattant la tête.)

Ecoute-moi, Rosette, — lorsque je réfléchis çà et là — je pense en effet — que notre maître ne refusera rien à cet étranger. — L'étranger ne te refusera rien non plus — et tu ne refuseras rien à l'étranger. Non, non, laisse plutôt la chose là.

ROSETTE.

Ha! ha! ha! tu es fou.

CONRARD.

Oui, c'est la manière, dont je pourrais le devenir le plus aisément.

ROSETTE.

Vas, retire-toi, il me semble que j'entends Madame; et si je m'en souviens bien, Monsieur t'a ordonné hier au soir de préparer tout de grand matin.

CONRARD.

Sans doute, il t'a ordonné.

ROSETTE.

Pourquoi ne te mets-tu donc pas à l'ouvrage ?

CONRARD.

Quelle sotte question ! — Adieu !

ROSETTE.

Adieu !

CONRARD (*en se retournant.*)

Ecoute, Rosette — si tu m'aimes — laisse en repos l'étranger. Cela ne conviendrait pas, tu pourrais lui être à charge.

ROSETTE.

La chose t'inquiéterait-elle ?

CONRARD.

Oui, elle m'inquiète.

ROSETTE.

Eh bien ! je parlerai à Monsieur lui-même.

CONRARD.

Fais-le. Adieu !

ROSETTE.

Adieu. — Où vas-tu donc ?

CONRARD.

A mon ouvrage.

ROSETTE (*en riant.*)

Dans la chambre à coucher de Monsieur ?

CONRARD.

Oui. (*Il sort par la porte du milieu.*)

ROSETTE.

C'est un bien bon enfant que ce Conrard ;
je l'aime de tout mon cœur. Quelle
étrange folie de s'aimer ainsi ! Ah ! celui
qui a imaginé cela le premier, avait cependant bien de l'esprit.

TROISIÈME SCÈNE.

EULALIE (*entièrement habillée, quoique
avec beaucoup de simplicité.*) ROSETTE.

EULALIE.

Bon jour, Rosette ; vas chercher mes
enfans, et apporte les fleurs qui sont
dans la logette du jardin. (*Rosette sort.*)

ЕULALIE

EULALIE (*regarde par la fenétre.*)

Voilà un jour bien beau, bien serein.
Allons, Eulalie, reprends aussi ta tran‑
quillité, ta gaieté ordinaires! oublie, si
tu peux, oublie seulement aujourd'hui,
que la jouissance d'une pareille journée
ne devrait être que la récompense de
l'innocence et de la vertu. — Ah! cet
aiguillon toujours enfoncé dans mon
cœur, cette épine qui me déchire
par ‑ tout, aussitôt que je veux me
livrer un instant à la joie! — Eloignez‑
vous, éloignez‑vous de moi, pensées
terribles! Que les soucis du matin ne
laissent pas, du moins sur mon visage,
le reste du jour, des traces de mes
remords! — C'est aujourd'hui l'anniversaire
de la naissance de mon époux; de tous
côtés la nature sourit autour de moi.
Le présent est si agréable, qu'il faut
bien, pour quelques momens, tâcher d'ou‑
blier le passé. — (*Elle s'approche d'une
des portes collatérales, et y frappe
doucement.*)

HORST (*sans ouvrir.*)
Qui est là?

B

EULALIE.

Moi, mon cher Major. Il est déjà cinq heures et demie. Mon mari se levera bientôt, êtes-vous habillé?

QUATRIÈME SCÈNE.

EULALIE, HORST. (*Il ouvre la porte.*)

HORST.

Bonjour, Madame. J'ai peu dormi, les scènes charmantes, dont vous m'avez fait hier soir une peinture si séduisante, m'ont trotté dans la tête pendant toute la nuit.

EULALIE.

Je me promets beaucoup de plaisirs, et le plus grand de tous sera la surprise qu'éprouvera mon mari, en se trouvant inopinément dans les bras du meilleur de ses amis.

HORST.

Apprenez-moi le rôle que je dois jouer?

EULALIE

Il est très-facile, on ne peut pas plus facile. Vous resterez dans votre

chambre et écouterez un peu à la porte.
Vous entendrez la manière, dont mes
enfans accueilleront leur père; et quand
ce premier moment sera passé, qu'il se
sera un peu remis, vous sortirez alors
et viendrez vous jetter subitement à son
cou. — Nous dînerons sous la feuillée,
l'après-dîné, nous irons nous promener
sur le lac, les paysans danseront le soir
sur la pelouse et nous illuminerons avec
des pots à feu. Voilà que vous savez
tout. J'entends mes enfans. Sauvez-vous!
sauvez-vous vîte! (*Elle le fait prompte-*
ment rentrer dans sa chambre.)

Je suis si contente de ce qu'il est
venu, et cependant sa présence m'embar-
rasse. Quand je le vois, il me semble
être de nouveau transportée à Wintersée,
et chacune de mes vieilles blessures, que
le temps avait presque cicatrisées, re-
commencent à saigner. Non, je n'étais
point née pour devenir criminelle, car
il m'est impossible de m'habituer à la
pensée que je le sois. Toujours cette
pensée déchirante pèse sur mon cœur,
toujours elle me revient à l'esprit, et
même au milieu du fracas des plaisirs,

où les chagrins s'oublient ordinairement
des heures entières ; elle se représente
sans cesse, comme une araignée qui
sortirait du calice d'une fleur que je
viendrais de cueillir.

CINQUIÈME SCÈNE.

EULALIE. *Le vieux François entre avec
les deux enfans, qu'il conduit par la
main. Rosette apporte un panier rempli
de fleurs et de guirlandes de fleurs,
puis s'en va.*

LES DEUX ENFANS.

Bonjour, maman. (*Ils l'embrassent.*)

EULALIE.

Bonjour, mes enfans, bonjour, François. Avez − vous fait toutes les dis-
positions nécessaires pour la fête d'aujourd'hui ?

FRANÇOIS.

Tout est prêt. Il y a déjà plus de
quinze jours, que je dérobe de temps à
autres quelques momens, afin que rien

n'y manque. Vous savez, Madame, que Monsieur ne permet guères que je m'éloigne de lui, vu que nous travaillons toujours ensemble aux champs et dans le jardin. J'ai en conséquence été obligé, dans ma vieillesse, à apprendre à lui mentir effrontément, lorsqu'il me disait: *Eh, bien, François! où est-tu resté si long-temps?* Les moissonneurs, au reste, et les pâtres sont commandés, les rubans sont distribués, les laitières seront dans leurs plus brillans atours, et moi — oui, moi-même, je veux encore danser aujourd'hui un pas de bourrée.

 EULALIE.

Tu feras bien, mon cher François. Nous danserons une ronde ensemble.

FRANÇOIS.

Ah, ma chère maîtresse! (*Il veut lui baiser la main, elle l'embrasse.*) Quelle vie, Angélique, que celle que nous menons sur cette petite île! Non — non, jamais je ne m'étais formé l'idée d'un pareil bonheur! Un jour tel que celui-ci. — Ah! un seul jour dans l'année, dont on peut se réjouir douze mois entiers. — (*Secrètement et d'un air de*

B 3

confidence.) Je me propose aussi de faire un petit présent à Monsieur. Je l'ai tiré de mon épargne ; il m'est arrivé depuis peu de Suède : c'est un bichet de seigle de Vasa. Monsieur a long-temps desiré pouvoir faire des essais avec cette espèce de grain.

EULALIE.

Vous me rendrez presque jalouse. — Allons, mes enfans ; avez-vous déjà prié aujourd'hui pour votre père ?

FELIX.

Oui.

AMÉLIE.

Pour notre père et notre maman.

EULALIE.

Mais savez-vous bien, que comme c'est aujourd'hui l'anniversaire de la naissance de votre père, il faut, que vous remerciez Dieu avec plus de dévotion qu'à l'ordinaire, de vous avoir donné un pareil père ? Venez ! nous prierons ensemble. (*Elle s'agenouille ayant à ses côtés ses deux enfans qui ont les mains jointes*)

FELIX.

Nous te remercions, Seigneur, de ce que tu nous as donné notre bon père.

AMÉLIE.

Et te prions de le laisser vivre encore long-temps, bien long-temps.

EULALIE.

Seigneur, exauce la prière de ces innocentes créatures.

FRANÇOIS (*extrêmement ému.*)

Exauce-les, Dieu tout-puissant! (*Eulalie et les enfans se relèvent.*)

EULALIE.

Dépêchons-nous à présent! Arrangeons au plus vîte ces fleurs. (*Elle prend le panier, François l'aide, les enfans gambadent autour d'eux. La porte de la chambre à coucher de Meinau est couronnée de fleurs, on place un fauteuil au milieu du théâtre, et on éparpille des fleurs tout autour.*)

EULALIE.

Il faut actuellement, François, vous introduire doucement dans la chambre de votre maître, et quand il se réveillera, vous nous ferez signe. (*François y entre.*)

EULALIE.

Tenez, mes enfans; prenez chacun

B 4

un bouquet ; vous savez quand il faudra
le présenter.

FELIX.

O ! nous le savons bien.

EULALIE.

Vous n'avez sans doute pas oublié votre
compliment ?

AMÉLIE.

Non vraiment. Voulez-vous, Maman,
que nous vous le récitions ?

FELIX.

Mon cher papa, Felix est là. —

EULALIE.

Paix ! paix ! Je vous en crois. — Il
me semble que j'entends du bruit.

FRANÇOIS (*passe la tête par la porte
qu'il entr'ouvre.*)

Il vient.

EULALIE *et les enfans* (*à la fois.*)

Il vient ! il vient ! (*Elle prend de chaque main celle d'un de ses enfans, et
s'avance vers la porte de la chambre à
coucher d'où Meinau sort en ce moment.*)

SIXIÈME SCÈNE.

MEINAU. *Les acteurs précédens.*

TOUS ENSEMBLE *(l'entourant et l'embrassant.)*

Bonjour ! bonjour !

MEINAU *(surpris agréablement.)*

Que vois-je? Pourquoi ceci? (*Il apperçoit sa porte couronnée de fleurs, jette un regard sur le fauteuil également orné; et sur les habits de dimanche de ses enfans.*) Ma chère Eulalie, explique-moi tout cela ! —

EULALIE *(transportée de joie.)*

C'est pour célébrer l'anniversaire de ta naissance, mon cher ami.

MEINAU.

L'anniversaire de ma naissance, mes bons enfans ! (*Il les embrasse l'un après l'autre, pendant qu'ils l'entraînent doucement sur le fauteuil. Felix se place à l'un de ses côtés et Amélie à l'autre.*)

MEINAU.

A quoi tout ceci aboutira-t-il ?

FELIX.

Mon cher papa, Felix est venu pour vous embrasser et vous témoigner combien il vous aime.

AMÉLIE.

Amélie, mon cher papa, est venue dans la même intention.

FELIX (*lui présentant son bouquet.*)

Acceptez ces fleurs de la main de vos deux enfans, et puisse votre bonheur renaître sans cesse comme la nature au printemps !

TOUS LES DEUX (*les mains jointes et regardant vers le ciel.*)

Et toi, souverain maître de l'univers ! si tu as exaucé nos prières, fais que ce beau jour se renouvelle encore souvent, ce jour qui répand la joie dans le cœur d'une tendre mère et rend heureux ses enfans.

FRANÇOIS (*en s'essuyant les yeux.*)

Ainsi soit-il !

MEINAU (*tendrement ému, embrasse en silence ses enfans, puis s'élance brusquement de son fauteuil et presse avec chaleur Eulalie sur son sein.*)

SEPTIÈME SCÈNE.

Les acteurs précédens. HORST. (*Il sort du cabinet et embrasse Meinau par derrière.*)

MEINAU.

O ciel! Horst! tu es ici? — Chère Eulalie! Quel torrent de jouissances tu me procures. (*Ils s'embrassent en silence.*) Il y a déjà long-temps, mon cher Horst, que tu me faisais espérer le plaisir de te revoir, mais je ne t'attendais pas sitôt.

HORST.

Ce n'était pas non plus mon dessein, ayant été obligé de terminer précipitamment toutes mes petites affaires, afin de pouvoir me rendre ici en ce moment. Je ne comptais venir que dans deux mois, mais ta charmante femme, — n'en sois pas jaloux, — a depuis plus de six mois entretenu une correspondance secrette avec moi, et m'a donné rendez-vous pour ce jour même, espérant que ma présence te le rendrait encore plus agréable. Ton ancien ami a été assez vain pour le croire, et le voici.

MEINAU.

Excusez, mes amis, si ma joie est muette. Vous m'avez surpris d'une manière si délicieuse. — Vous m'avez tellement attendri ; — vieux François ! (*Il lui serre la main.*) La larme, que tu viens de répandre, ne m'est pas non plus échappée. — Allez, mes enfans, allez ! laissez-moi un moment seul. Toi, Horst, reste. Il y a si long-temps que nous ne nous sommes point vus ; me pardonneras-tu toutefois, lorsque je t'avouerai, que je me suis rarement apperçu de ton absence ?

HORST.

A la bonne heure ! On peut bien se passer quelquefois d'un ami, mais il n'est jamais de trop.

MEINAU.

Non ; sûrement non.

EULALIE.

Nous dînerons aujourd'hui en plein air, si cela te convient.

MEINAU.

Je ne demande pas mieux.

EULALIE.

Viens donc, François! Allons préparer
la table sous les trois grands tilleuls.

LES ENFANS (*les suivent en sautant.*)

Nous irons aussi avec vous, Maman;
nous voulons aussi vous aider. (*Eulalie,
François et les enfans sortent.*)

HUITIÈME SCÈNE.

MEINAU et HORST.

MEINAU.

Que je te presse encore une fois sur
mon sein! Il ne manquait plus que toi à
mon bonheur.

HORST.

Cher Meinau! Je retrouve donc mon ancien ami tout entier?

MEINAU.

J'ai laissé en Allemagne mon nom et
mes chagrins. Oui, Horst, tu vois en
moi le même homme, que tu as connu
en Alsace. Que Dieu en soit loué! Je
suis encore plus heureux. Te rappelle-tu

de m'avoir vu verser des larmes de joie ?
Eh bien ! regarde ; celles-ci ne sont pas
les premières, qui ont coulé de mes
yeux dans cette heureuse solitude.

HORST (*le considère en silence, mais
on remarque dans ses traits la joie
intérieure qu'il éprouve.*)

MEINAU.

Revenons à toi, mon cher Horst ! Que
t'est-il arrivé depuis deux ans que nous
nous sommes séparés ? Tu es défait,
maigri. As-tu eu quelques chagrins ?

HORST.

Cela ne peut guères être autrement
dans le temps où nous vivons. La peste
règne dans l'Orient, les opinions les plus
contradictoires troublent les hommes dans
notre Europe. Quant à toi, tu restes calme
au milieu de l'orage, ton visage annonce
le bonheur, tu te portes enfin mieux que
jamais.

MEINAU.

Oui, je suis heureux, — je suis très-
heureux.

HORST.

Je t'ai donc prédit la vérité, en te
disant : « Qu'on pouvait hardiment con-

» sacrer sa vie à la solitude, accompa-
» gnée d'une Eulalie. »

MEINAU.

Tu m'as sans doute dit la vérité. Sur
cette petite île je suis un roi, je suis
même plus qu'un roi, relativement à ma
femme, car elle fait tout par amour pour
moi — rien par devoir. — Ah ! comme mon
cœur est plein en ce moment ! Oui on
desire encore plus ardemment partager
sa joie que ses peines. J'ai pu, dans
d'autres temps, renfermer mes chagrins
dans mon sein, mais il n'en est pas de
même de mes plaisirs, de l'excès de
mon bonheur. — Mon ami, par où dois-
je commencer ? par où dois-je finir pour
t'en donner une idée ?—Une bonne femme,
— ô Dieu ! quel plus grand présent peux-
tu faire là-haut à un mortel, auquel tu
as accordé sur la terre une bonne femme !

HORST.

Délicieux enthousiasme !

MEINAU.

Quand le matin je me réveille, après
avoir passé une nuit tranquille, la première pensée qui se présente à mon
esprit, est celle d'un jour heureux. Or-

dinairement Eulalie est déjà levée, et s'est occupé, pendant mon sommeil du matin, des petits détails du ménage. Aussitôt que s'ouvre la porte de ma chambre, je la vois s'avancer, proprement et modestement vêtue, tenant par chacune de ses mains un de mes enfans, lavés et habillés par elle. Autrefois, dès que j'avais les yeux ouverts, j'étais dans l'usage de regarder par la fenêtre, si le temps était serein et si le soleil luisait; aujourd'hui un pareil soin m'est devenu inutile, car dans la maison qu'habite une bonne femme, le soleil luit toujours. Lorsqu'elle vient à ma rencontre et qu'elle m'accueille d'un doux sourire, je ne m'apperçois pas si le ciel est couvert de de nuages, et je n'entends point la pluie frapper contre mes fenêtres. Je m'asseois sur ce sopha derrière la table à thé, à côté de moi est Eulalie, ici mon petit Felix, et là mon Amélie. Nous buvons, nous mangeons, nous causons et oublions ainsi l'univers entier. — O, mon ami! tu ne saurais voir, combien cette petite place m'est chère. — Nous y sommes également assis pendant les longues soirées d'hiver,

d'hiver ; nous y lisons , nous y jouons
aux échecs , nous folâtrons avec nos enfans , ou entre nous. Là nous avons fait
un échange continuel de nos pensées , de
nos sensations , et toujours je retrouve
mon ame dans celle d'Eulalie, seulement
elle y prend une teinte plus douce et
plus agréable.

HORST.

Certainement , Meinau , personne n'est
plus propre que toi , à convertir les ennemis du beau sexe.

MEINAU.

Après le déjeûné , je me rends aux
champs, car je suis devenu un paysan.
Mon François et moi sommes extrêmement occupés de l'économie rurale. Nous
faisons venir de Zurich tout ce qui s'écrit
relativement à cet objet, nous le lisons
avec un vif intérêt, puis nous faisons
des essais, qui tournent souvent de la
manière la plus déplorable ; mais comme
il y en a aussi qui réussissent, cela nous
console. Ah ! si je voulais te raconter
les disputes que nous avons entre nous,
pour expliquer la manière d'exécuter
le dessein d'une charrue nouvellement

C

inventée ou d'un crible, j'en aurais pour des jours entiers. Lorsqu'enfin nous croyons avoir découvert la manière de construire ces machines, nous y travaillons de nos propres mains et labourons nous-mêmes avec la plus grande assiduité. Nous avons, à la vérité, souvent compté souvent sans notre hôte, mais quand la chose est finie et qu'elle ne réussit pas, cela ne nous cause aucun chagrin ; nous recommençons de nouveau et nous avons un nouveau plaisir. Par fois, Eulalie nous tient compagnie avec son tricot ; alors elle rit ou sourit, plaisante ou loue notre ouvrage. — O Horst ! Horst ! vient agrandir ce cercle, si tu veux connaître le prix de la vie.

HORST.

Je le ferai, mon ami ; je le ferai. C'est le plus ardent de mes desirs.

MEINAU.

A midi nous avons un bon dîné champêtre, préparé des mains d'Eulalie, et un chacun apporte à table un visage joyeux avec un bon appétit. Durant le premier quart-d'heure, on parle peu ou point du tout, les choux, les pommes

de terre, que nous mangeons, nous im-
posant silence. Mais quand notre faim est
un peu appaisée, que le fromage de
Suisse paraît sur la table, et que ma
petite Amélie me verse un bon verre de
vin, alors nos langues se délient, et une
plaisanterie douce, qui ne nuit à personne, assaisonne les plaisirs du dessert.
D'autres fois, je fais des questions à mes
enfans, pour savoir ce qu'ils ont appris
— de leur mère, entends-tu, mon ami,
car ils n'ont point d'autre maître, — et
je trouve communément, que relativement à l'histoire naturelle, par exemple,
ils en savent autant que moi, tandis que
relativement à l'histoire des peuples de
la terre, — ils en savent plus que moi.
Souvent ils me surprennent en me réci-
tant les meilleurs passages des poëtes
allemands et français; et ce n'est point
en bégayant qu'ils s'en acquittent, car
les sensations délicates d'Eulalie ont passé
de bonne heure dans leurs ames. Amélie
touche déjà très-bien du clavecin, et
elle a aussi appris cela de sa mère. Ah!
ils tiennent tout d'elle, et je jouis de
tout par elle! Eulalie m'a attaché à la

vie par des chaînes magiques ; à cette même vie, à laquelle je ne tenais que par de faibles fils. En ce moment, je ne connais point de plus grand bonheur, que de vivre ; de vivre comme je le fais. Tu m'es témoin, Horst, combien peu je craignais autrefois la mort au milieu de nos ennemis, et bien! je tremble actuellement devant elle.

HORST.

Heureux homme! Dieu soit loué, de ce que ton caractère sensible et emporté ne t'a pas induit en erreur!

MEINAU.

Oui, je tremble à l'aspect de la mort. Il y a à peu-près huit mois, que par un refroidissement survenu à la suite d'une partie de chasse, je gagnai une fièvre violente. Je sentais à merveille que j'étais très-mal. Deux ans auparavant, la mort m'eut paru un ami secourable, en cet instant.—O, mon cher Horst! tout ce que je t'ai raconté jusqu'à présent ne te paraîtrait que des bagatelles, si je te peignais les soins touchans d'Eulalie pour moi. Qu'un homme, quand il se porte bien et qu'il est heureux, mécon-

naisse, autant qu'il voudra, les vertus de
sa femme, que son cœur soit aussi dur,
aussi opiniâtre qu'il lui plaira, lorsqu'il
sera malade, la douceur compatissante
de son épouse l'engagera sûrement à lui
rendre justice. Il n'est pas bon que l'homme soit seul : lorsqu'Eulalie était assise
auprès de mon lit, dont elle ne s'éloi-
gnait presque jamais, qu'elle me don-
nait des médecines, me chauffait des
serviettes, et m'arrangeait un coussin sous
la tête ; lorsqu'elle cherchait doulou-
reusement à découvrir, dans mes yeux
ternes, s'il lui restait quelque espérance
de m'arracher des bras de la mort ; lorsqu'un sanglot à moitié étouffé trahissait
ses craintes, et que par un sourire forcé
elle tâchait de m'inspirer une espérance
qu'elle ne partageait pas, quand elle
s'agenouillait dans un coin avec ses enfans pour implorer du ciel ma guérison
avec une dévotion angélique, — ô mon
ami ! il m'était alors impossible de la
remercier de vive-voix, car un faible
serrement de main m'épuisait ; mais je
ne saurais t'exprimer combien j'étais in-
térieurement soulagé, combien mon ami,

en reprenant des forces , en rendait en-
suite à mon corps ! (*Il essuye de sa*
main une larme , échappée de ses yeux ,
qu'il regarde.) Cela est écrit ici — (*puis*
en montrant son cœur) et là —

HORST.

Je savais bien que les choses tour-
neraient ainsi , j'en étais sûr , lorsque,
il y a deux ans , je te conseillai , mal-
gré ce qui était arrivé. —

MEINAU (*un peu impatient.*)

Que me rappelles-tu là ? Eulalie a
fait une chûte dans son enfance , et en
a conservé une légère cicatrice sur le
front. Eulalie n'en est cependant pas
moins belle , n'est-il pas vrai ? La cicatrice a presque disparu , ou moi du moins
je ne la vois plus ; je n'ai des yeux que
pour admirer ses graces , d'autre sentiment que celui de mon bonheur. — Toutefois , mon ami , afin que tu saches
tout, il y manque encore une chose , une
seule chose , pour qu'il soit complet.

HORST.

Et cette seule chose est ?

MEINAU.

Qu'Eulalie n'est pas aussi parfaitement
heureuse que moi; que de temps en temps,

elle a des instans de mélancolie, et qu'il
n'est pas rare d'appercevoir, à la rougeur
de ses yeux, qu'elle vient de verser des
larmes. Cela me fait d'autant plus de
peine que je n'ignore pas la cause de
son chagrin, sans oser le partager; qu'il
ne m'est pas même permis de lui faire
aucune question à ce sujet; que je ne
connais enfin aucun moyen, d'étouffer un
jour dans son cœur le sentiment pénible
de son éternel repentir.

HORST.

Si le temps ne produit pas cet effet.—

MEINAU.

Le temps? non, mon ami; le temps n'a
point d'empire sur les consciences. Eulalie
sent ma supériorité sur elle. Eulalie ne
croit pas avoir les mêmes droits que moi
à tous nos plaisirs. Chaque fois que je
l'embrasse, elle semble recevoir son pardon. Tu dois sentir par-là, comme cette
pauvre femme se tourmente!— et comme
cela me tourmente moi-même.— Je t'as-
sure que, quand il m'arrive d'avoir un peu
mal à la tête, j'ose à peine avoir l'air sérieux, tant je crains que sa conscience
timorée ne croie y lire un reproche.

NEUVIÈME SCÈNE.

ROSETTE. *Les Acteurs précédents.*

ROSETTE (*qui depuis quelques minutes s'est approchée doucement en tremblant.*)
Monsieur.—

MEINAU (*un peu fâché.*)
Que voulez-vous ? avez-vous écouté ?

ROSETTE.

Ah! si j'avois toujours écouté, je serais dans une meilleure position que celle où je suis.

MEINAU.

Une meilleure position ?

ROSETTE.

L'obéissance à ses père et mère apporte la bénédiction du ciel dans une maison.

MEINAU (*en souriant.*)
Folle! Vous n'avez pas écouté ?

ROSETTE.

Hélas non! je suis une pauvre orpheline ; mes parens sont morts dans la même semaine; le jour de la St. Barthelemi, il y aura déjà (*elle compte sur ses doigts.*) un, deux, trois, quatre, cinq, six ans.

MEINAU.

Bien, mon enfant. Mais que voulez-vous?

ROSETTE.

C'est aujourd'hui l'anniversaire de la naissance de Monsieur.—

MEINAU.

Ah! vous venez me souhaiter du bonheur? Je vous en remercie.

ROSETTE.

Point du tout; je ne voulais pas vous souhaiter du bonheur.—

MEINAU (*en souriant.*)

Non? Quoi donc? du malheur?

ROSETTE.

Dieu m'en préserve! ni bonheur, ni malheur. Monsieur n'est-il pas déjà heureux?

MEINAU.

Vous avez raison, je le suis.

ROSETTE.

Monsieur a une épouse qu'il aime, et qui l'aime également; et personne ne peut y trouver à redire.

MEINAU.

Je ne conçois pas où vous en voulez venir.

ROSETTE (*les yeux baissés en terre et jouant avec le coin de son tablier.*)

Si Conrard avait aussi une femme, qu'il osàt aimer, il serait également heureux.

MEINAU.

Ma chère enfant, vous vous exprimez si énigmatiquement, que je crains que vous ne soyez pas bien éveillée.

ROSETTE.

O que si ! j'étais déjà, avant cinq heures du matin, dans la salle, et là, je lui ai parlé.

MEINAU.

A qui?

ROSETTE.

A Conrard.

MEINAU.

Ah ! je vous comprends, vous êtes amoureuse ?

ROSETTE.

Oui, Monsieur.

MEINAU.

Et vous voulez obtenir mon agrément?

ROSETTE.

Mon Dieu non !

MEINAU.

Vous ne le voulez pas ? Que desirez-vous donc ?

ROSETTE.

Votre pardon. Je suis devenu amoureuse, sans votre permission.

MEINAU.

Eh bien ! je vous l'accorde. Mais Conrard est encore un jeune benêt, et vous êtes à peine sortie de l'enfance ; il faut attendre.

ROSETTE.

Conrard n'est peut-être pas si jeune, que Monsieur le pense.

MEINAU.

Non ?

ROSETTE.

Non certainement, et nous attendrions volontiers, si cela n'était pas trop long.

MEINAU.

Seulement une couple d'années.—

ROSETTE.

Ah ! ce serait trop !

MEINAU.

Trop ?

ROSETTE.

Je le crois,—— parce que nous avons été assez sots—— pour n'avoir pas attendu,—— quand nous aurions dû attendre.——

MEINAU.

Ainsi, si je vous comprends bien.——

ROSETTE (*honteuse.*)

Je ne sais pas comment Monsieur l'en‐
tend.

MEINAU.

Vous êtes déjà mariée ?.

ROSETTE.

Mon Dieu non !

MEINAU.

Il ne vous manque que la bénédiction
du prêtre ?

ROSETTE.

O oui !

MEINAU.

C'est comme cela ?

ROSETTE.

O oui !

MEINAU.

Vous avez fait une sottise.

ROSETTE.

O oui !

MEINAU (*tombe subitement dans une pro‐*
fonde rêverie.)

ROSETTE.

Et j'ai cru à cause de cela,— et Conrard
a cru aussi à cause de cela,— parce que
je suis une pauvre orpheline,— et parce
que c'est aujourd'hui l'anniversaire de la

naissance de Monsieur ,— que Monsieur me pardonnerait plutôt que dans un autre temps,— et qu'il intercéderait pour moi auprès de Madame ,— afin qu'elle ne me chassât pas de la maison ,—(*en pleurant,*) attendu,— attendu qu'il me faudrait alors mourir de faim ;– avec mon pauvre fruit,– et que sans cela , je n'aurais point d'autre parti à prendre que de me noyer ,— avec mon pauvre fruit.— (*Comme elle remarque que Meinau ne l'écoute plus , elle se retourne d'un air inquiet du côté de Horst.*) Mon cher Monsieur ! le vieux François dit, que vous êtes le meilleur ami de notre maître , et qu'il vous aime tant; pour Dieu ! dites un mot en ma faveur, je vous aimerai alors de tout mon cœur.

HORST.

Très-volontiers, mon enfant. J'espère, Meinau, que tu pardonneras à la bonne nature le petit tour de sa façon , qu'elle vient de jouer.

MEINAU (*tirant Horst à part.*)

Ne te disais-je pas , il y a quelques minutes, qu'Eulalie se trouvait mon inférieure, et que c'était-là la cause de sa mélancolie ?

HORST.

A quel propos reviens-tu en ce moment
là-dessus ?

MEINAU.

Ecoute, Rosette ! je te pardonnerai ta
faute , je te doterai, et te ferai épouser
Conrard ; mais à une condition.—

ROSETTE (*veut lui baiser la main.*)

Ah ! mon cher maître !

MEINAU.

Tout doucement, tout doucement !— à
une condition , ai-je dit.—

ROSETTE.

Quelle qu'elle soit , je l'accepte !
pourvu que je devienne l'épouse de Conrard.

MEINAU.

La voici; vous irez à l'instant trouver
ma femme , vous lui avouerez ce que vous
m'avez avoué , mais au lieu de nommer
Conrard, vous direz que c'est moi.

ROSETTE (*étonnée.*)

Comment ?

HORST.

Meinau ! es-tu fou ?

MEINAU.

Laisse-moi faire ! Eh bien ! Rosette ;
m'as-tu compris ?

ROSETTE.

Aussi vrai, Monsieur, que je suis une honnête fille, je ne vous ai pas compris.

MEINAU.

Vous direz à ma femme, que c'est moi qui vous ai séduite.

ROSETTE.

Bon Dieu! que signifie ceci? Monsieur voit bien, que je ne puis pas l'épouser.

MEINAU.

Sotte que vous êtes! il n'est pas non plus question de cela. Vous épouserez votre Conrard. J'exige seulement que vous parliez ainsi.

ROSETTE.

Mais ce sera mentir?

HORST (à part.)

Un généreux mensonge.

MEINAU.

Je prends le péché sur moi.

ROSETTE.

Eh bien! soit! Monsieur aura sans doute plus de crédit auprès du bon Dieu, qu'une pauvre orpheline comme moi. Mais cela ne fera-t-il pas de peine à Madame?

MEINAU.

C'est mon affaire. Tu peux choisir; ou

tu mentiras et deviendras la femme de
Conrard; ou tu diras la vérité, et tu seras
chassée de la maison. Es-tu décidée ?

ROSETTE.

J'y consens, quoique j'aimerais mieux
dire la vérité, que de mentir. Mais puisque Monsieur a dit qu'il prenait le mensonge sur lui.— J'en courrai les hasards.

MEINAU.

Bon. Instruits également Conrard de
ceci, afin qu'il n'aille pas te contredire.—
A présent, Horst, que penses-tu de mon
projet ? Il me semble qu'il doit rétablir
l'égalité entre nous, et rendre le repos
à Eulalie.

HORST.

Homme étonnant! ton dessein est bon;
mais tu ne fais que changer le ver ron-
geur qui la blesse contre un autre. Tu
ne connais guère les femmes, si tu crois,
que ce dernier soit moins cruel, que celui
qui l'a tourmentée jusqu'à présent.

MEINAU.

Tu te trompes toi-même, ennemi des
femmes. Je connais Eulalie, et sais ce
que je fais. Allons nous promener ensemble, afin que nous ne la rencontrions
pas,

pas, et que la fille ait le temps de s'acquitter de sa commission. (*A Rosette*) Faites bien votre affaire ; dans huit jours nous célébrerons vos nôces. (*Il sort avec Horst.*)

DIXIÈME SCÈNE.

ROSETTE (*seule.*)

Nos nôces dans huit jours ! quel bonheur ! quant à moi, je suis toute prête pour demain , si l'on veut.— Mais, Monsieur est aussi par trop extraordinaire pour l'anniversaire de sa naissance. Il faut qu'il ait bien du plaisir à se disputer avec Madame, puisqu'il veut que je la fâche d'avance contre lui. Sûrement elle sera extrêmement affligée,— et cependant elle est si bonne,— d'ailleurs, il faudra alors que je sorte.— Que Dieu m'en préserve ! Que deviendraient alors les nôces ! Quoiqu'il en soit, il saura sans doute raccommoder tout cela.

D

ONZIÈME SCÈNE.

ROSETTE, CONRARD (*entre en trem-blant.*)

ROSETTE (*court au-devant de lui.*)

Conrard ! que me donneras - tu si je t'apprends une bonne nouvelle ?

CONRARD.

Dis vîte, Rosette ! depuis une heure je suis sur le gris. Je voulais me mettre à l'ouvrage, mais je n'ai jamais pu.

ROSETTE.

Pauvre enfant !

CONRARD.

J'ai encore mon déjeûné dans ma poche, vois-tu ? Il m'est impossible d'avaler une miette de pain.

ROSETTE.

Tant mieux, les gateaux de la nôce t'en goûteront davantage.

CONRARD.

Les gateaux de la nôce ?

ROSETTE.

Quels yeux il fait ! L'eau te vient-elle à la bouche ?

CONRARD,

Non, pour les gâteaux.

ROSETTE.

Mais, pour la nôce?

CONRARD.

Oui, sans doute. Parle, Rosette; est-ce sérieusement?

ROSETTE.

Oui, oui, oui! C'est très-sérieusement. Monsieur vient à l'instant de s'en aller, et je lui ai parlé.

CONRARD.

Quand il a été parti?

ROSETTE.

Non, imbécille, quand il était là.

CONRARD.

Toi! ne plaisante pas!

ROSETTE.

Tiens, Monsieur était ici, l'étranger là, et moi dans cette place.

CONRARD.

L'étranger était donc aussi présent?

ROSETTE.

Oui. Il m'a appellé bel enfant.

CONRARD.

Bel enfant! ay! ay!

ROSETTE.

Il a encore dit plusieurs autres choses
que je n'ai pas comprises.

CONRARD.

Plusieurs autres choses ? ay ! ay ! voyons
un peu ce que c'était, que ces autres
choses.

ROSETTE.

Par exemple, il a parlé de la nature,
qui avait joué un tour.

CONRARD.

De la nature? (*Il met ses deux poingts
sur les côtés*) Ecoute donc! Qu'enten-
dait-il par-là ?

ROSETTE.

Je n'en sais rien.

CONRARD.

Oui, oui, je vois bien ce qu'il a voulu
dire. Mais (*faisant un mouvement mena-
çant avec ses poingts.*) je te le dis,
Rosette, je ne le souffrirai pas.

ROSETTE.

Qu'est-ce que tu ne veux pas souffrir?

CONRARD.

Que--- que la nature joue des tours.

ROSETTE.

Ne sois pas aussi singulier, mon cher

Conrard, la nature ne te fera point de peine. Pour te dire les choses en bref, Monsieur nous a pardonné, il a promis de me doter, et dans huit jours, la nôce aura lieu, mais à une condition.

C O N R A R D.

A une condition ? Et quelle est-elle, cette condition ?

R O S E T T E.

Que je ferai un conte à Madame, hi ! hi ! hi !

C O N R A N D.

Un conte ?

R O S E T T E.

Oui, entends-tu ; je dois lui dire quelque chose, à quoi tu dois toujours répondre oui.

C O N R A R D.

Rien de plus que oui ?

R O S E T T E.

Rien de plus.

C O N R A R D.

Dis-moi donc, ce à quoi il faut que je réponde toujours oui ?

R O S E T T E.

Paix ! paix ! j'entends Madame qui monte l'escalier. Laisse-moi seulement faire. Tu n'as qu'à te mettre dans ce coin, où tu écouteras sans ouvrir la bouche, jusqu'à ce qu'on t'interroge, et si l'on te questionne, tu répondras toujours oui.

CONRARD (*en se plaçant dans le coin auprès de la porte.*)

Voilà une plaisante avanture.

DOUZIÈME SCÈNE.

EULALIE. *Les Acteurs précédens.*

CONRARD (*fait une profonde révérence à Eulalie, au moment où elle entre, et retourne de mille manières différentes son chapeau qu'il tient à la main, pendant la première moitié de la scène.*)

EULALIE.

Qu'y a-t-il donc, Rosette, tu es ordinairement si agissante, pourquoi faut-il te chercher par-tout ?

ROSETTE (*fait un profond soupir.*)

CONRARD (*de même.*)

EULALIE.

Tu soupires aussi bien que Conrard ?

CONRARD (*s'incline en disant.*)

Oui.

EULALIE.

Pourquoi?

CONRARD.

Demandez-le à Rosette.

EULALIE (*à Rosette.*)

Parle sans crainte. Tu sais que je ne
suis pas bien terrible.

ROSETTE.

Hélas! Madame, il y a déjà long-temps,
que cela me pèse sur le cœur, mais je
suis si attachée à Madame, que je n'ai
jamais osé lui dire une chose que je savais,
qui l'affligerait, et serait cause qu'elle ne
m'aimerait plus. Actuellement, bon Dieu!
il m'est impossible de la cacher plus long-
temps.

EULALIE.

Qu'est-ce donc?

ROSETTE (*en pleurant.*)

J'ai—— j'ai été trompée.

EULALIE.

Toi! toi ma pauvre enfant! et qui est
ton séducteur? Est-ce celui qui est là
dans ce coin?

CONRARD (*s'incline et répond.*)

Oui.

ROSETTE.

Non, ce n'est pas lui, celui-ci doit
seulement devenir mon mari.

EULALIE.

Seulement ton mari? Cela est-il vrai,
Conrard?

CONRARD.

Oui.

EULALIE.

Puis-je à présent, Rosette, savoir le
nom de ton séducteur?

ROSETTE.

Hélas! Madame va se fâcher.

EULALIE.

Pourquoi davantage que je le suis actuellement? Que m'importe dans le fond
de savoir le nom de ton amant? Ce n'est
que par rapport à toi, et afin de te faire
rendre justice, que je desire l'apprendre.

ROSETTE (*en hésitant.*)

C'est--c'est Monsieur.--

EULALIE.

Qu'a-t-il à faire là-dedans?

ROSETTE.

C'est lui-- lui-même, qui m'a trompée.

EULALIE (*éprouve une violente surprise.
Après une pause, pendant laquelle son*

visage exprime le combat des différentes passions dont elle est agitée, d'une voix ferme.)

Tu ments.

R O S E T T E.

Non, non, cela est très-vrai; Monsieur me l'a dit lui-même.

(Une nouvelle pause. Le jeu de l'actrice doit peindre ici la situation de son ame dans une pareille position.)

E U L A L I E.

Cela est vrai?-- Cela ne peut pas être vrai!--Et cependant cette fille est si innocente,-- non elle est incapable d'un mensonge aussi noir,-- même de toute autre espèce de mensonge.-- Pourquoi tremblai-je.-- J'ai été extrêmement surprise.-- Cette position m'est si nouvelle.-- Quelle conduite devrait tenir une honnête femme?-- Et quelle doit être celle d'Eulalie?-- Ah! que je desirerais pouvoir me recueillir seulement une heure dans la solitude, afin d'imposer silence à mon cœur, et d'être d'accord avec moi-même.-- Me convient-il de chercher à pénétrer plus avant dans ce mystère? Faut-il que je m'informe des détails re-

latifs à cette affaire ? Non! non! Les
choses sont ainsi !— qu'elles restent telles !—
Que signifient ces larmes ?— Pourquoi
coulez–vous ?— Ah! sais–je moi–même
ce que je ressens. (*A Rosette.*) Et tu dis,
que Monsieur veut te marier à Conrard ?

ROSETTE.

Oui, à Conrard, si Madame le permet.

EULALIE.

Quant à moi, je le permets très–volontiers,— et tu resteras auprès de moi. Je
ferai élever ton enfant ,— ou plutôt je
l'éleverai moi–même.

CONRARD (*qui depuis cette fausse confidence a donné à connaître de différentes manières son mécontentement, s'a–
vance en ce moment :*)

Non, Rosette , non, vois–tu, cela ne
vaut rien ! Qui diable voudrait dire *oui*
à de pareilles choses !

ROSETTE.

Sois donc tranquille , maître sot ! Monsieur prend tout sur lui dans cette vie,
comme dans l'autre.

CONRARD.

Son très–humble serviteur. Je suis le
fils de braves gens, et suis moi–même un

honnête garçon ; je ne souffrirai pas cela.

EULALIE.

Que dis-tu ?

CONRARD.

Fi, Rosette ! n'es-tu pas honteuse de faire pleurer ainsi Madame ?

EULALIE (*s'efforçant de sourire.*)

Rêves-tu ? Pourquoi pleurerais-je ? il y a long-temps que je savais ce qui vient d'arriver ; Monsieur me l'avait dit lui-même, cela est tout simple. Je ne faisais semblant de l'ignorer, que pour voir si Rosette m'avouerait la vérité.

CONRARD.

Non, Madame, cela n'est point vrai, sauf votre respect, parce que Monsieur n'a pas pu dire une pareille chose, et parce que Rosette en a menti, avec votre permission. Oui, pousse-moi, fais des signes, tant que tu voudras ; un mensonge n'est jamais bon à rien, et celui-ci est un des plus détestables que j'ai entendu de ma vie. — Voyez donc ! cette petite mijaurée ! Elle pourrait croire que, bravant l'opinion des honnêtes gens, je serais disposé à l'épouser et à (*d'un air fâché et méprisant*) servir de manteau à —

Fi ! Conrard est pauvre, mais la pauvreté
et l'honneur peuvent fort bien habiter sous
le même toit.

ROSETTE.

Oui, Conrard, j'ai menti ; puisque tu
le prends sur ce ton, ne sois seulement
pas fâché !

CONRARD.

Quel diable ! tu me ferais aussi devenir
chèvre !

EULALIE.

Mes enfans, expliquez-vous plus clai-
rement ! je ne vous entends pas.

CONRARD.

Eh bien ! cela veut dire, qu'elle en a
menti. Moi, moi seul j'ai fait la sottise, et
si Monsieur et Madame le permettent, je
la réparerai.

EULALIE (à Rosette.)

Tu as menti ?

ROSETTE.

Oui.

EULALIE.

N'as-tu pas de honte, de calomnier
ainsi ton bon maître ? fi ! je n'aurais jamais
cru cela de toi.

ROSETTE.

Monsieur me l'a ordonné lui-même.

EULALIE.

Il te l'a ordonné lui-même?

ROSETTE.

Oui, et ce n'est qu'à cette condition, qu'il a promis de me marier dans huit jours avec Conrard.

EULALIE (*après une pause , comme revenant d'un songe.*)

Ah ! je te comprends, homme généreux ! (*Ses larmes coulent en abondance.*) Je te comprends, et je sens pourquoi tu en uses ainsi.——Allez , mes enfans ! allez ! laissez-moi seule.

ROSETTE.

Mais ,—— voilà que Monsieur va être en colère contre moi.

EULALIE.

Ne t'inquiette pas; j'arrangerai cela. Allez en paix, dimanche nous ferons la nôce.

Tous les deux (*lui baisant la main.*) Dimanche ?

ROSETTE.

O la bonne maîtresse ; que nous avons !

CONRARD.

Quel bonheur, Rosette ! (*ils se sau-*
vent, en se tenant par le bras.)

TREIZIÈME SCÈNE.

EULALIE (*seule.*)

Je ne sais où j'en suis ; mon âme est si
troublée, que mes pensées et mes sensations se confondent à la fois. Le noble
mensonge ! Cette faute supposée, pour
me faire croire que sa conscience n'est
pas non plus sans reproche ,— parce qu'il
sait combien on supporte facilement un
fardeau, lorsqu'un autre en partage la
charge ,— ô oui, cela est beau, généreux ! mais— conviens-en, Eulalie ,—
tu es bien aise, que ce ne soit qu'un mensonge.

QUATORZIÈME SCÈNE.

MEINAU, HORST, EULALIE,

EULALIE (*se jettant au cou de Meinau et l'embrassant avec une vive tendresse.*)

Mon cher Meinau! mon bon et généreux Meinau!

MEINAU (*la pressant dans ses bras.*)

Qu'as-tu, Eulalie? Pourquoi ces démonstrations extraordinaires ?

E U L A L I E.

Que cette larme t'exprime ma reconnaissance.

M E I N A U.

De la reconnaissance? à quel propos ?

E U L A L I E.

Rosette m'a parlé.

MEINAU (*feignant d'être fort effrayé.*)

Rosette?

E U L A L I E.

Ne t'effraye pas, mon cher Meinau! ne joue pas la comédie par rapport à moi, je sais tout.

MEINAU.

Que sais-tu donc ?

EULALIE.

Le généreux mensonge de mon digne époux.

MEINAU (*réellement effrayé en ce moment.*)

La sotte créature.

EULALIE.

Ce n'est pas Rosette, mon cher Meinau, mais Conrard, qui m'a tout découvert. Ce brave garçon a cru son honneur compromis, et a refusé d'accréditer, par son aveu, la fable singulière que ta générosité t'avait fait imaginer.— Je te remercie, au reste, de la nouvelle marque d'amour que tu viens de me donner; mais laisse au ciel l'exercice de ses droits. Je ne puis et je ne dois jamais être parfaitement heureuse. Quelle serait en effet la récompense de la vertu, s'il en était autrement? Si, par mon repentir sincère j'ai mérité le pardon de quelqu'unes de mes fautes, j'en ai aussi reçu la récompense, car tout autour de moi respire le bonheur; je n'ai qu'un seul ennemi, et celui-là je le porte dans mon sein.—Rien

n'est

n'est plus juste, que Dieu n'accorde une félicité pure qu'à une conscience sans reproche, et je n'ai, certes, pas le droit d'en murmurer. — Sois donc tranquille, mon cher ami; je suis aussi heureuse que je pouvais le devenir, et quand mon mari et mes enfans attesteront un jour sur mon lit de mort, que, depuis le malheureux moment où je me suis oubliée, je n'ai jamais manqué à mon devoir, le juge miséricordieux effacera peut — être des années de ma vie, qui sont inscrites là-haut, l'heure fatale où je suis devenu coupable. — Jusques-là, mon cher Meinau, continuons à nous réjouir comme auparavant, et lorsque tu remarqueras quelquefois un léger nuage sur mon front, détourne les yeux, et ne fais pas semblant de t'en être apperçu.

MEINAU (*la pressant tendrement sur son cœur.*)

Eulalie pourrait me rendre si parfaitement heureuse, — et elle ne le veut pas.

E U L A L I E.

Elle l'a voulu, — elle l'a pu autrefois, — elle ne le peut plus.

E

HORST.

Tu es parfaitement heureux, mon cher
Meinau, de même que vous, Eulalie.
C'est ce que sent avec ravissement un
ami qui vous aime. Je suis décidé à ne
plus me séparer de vous. Je vais renfermer des semences dans mon brevet de
Major, et pendre ma croix de St.-
Louis au premier chêne des environs.
Recevez-moi donc dans votre famille,
que je devienne ici un vieux célibataire !
Je veux semer et planter avec Meinau,
rêver avec Eulalie, et jouer avec vos enfans.

MEINAU (*lui secouant la main.*)

Je te prends au mot, mon cher Horst ;
mais il te manque encore une chose ;
c'est une bonne femme ; il faut chercher à
te la procurer.

HORST (*frappant sur la garde de son
épée.*)

Celle-ci fut ma femme. (*Il ôte son épée
et la pose sur la table.*) Je me sépare
d'elle,— et je me jette dans vos bras. (*Ils
s'embrassent tous trois. La toile tombe.*)

www.ingramcontent.com/pod-product-compliance
Lightning Source LLC
Chambersburg PA
CBHW060812180626

46818CB00002B/797